この世の冬桜

吉田隷平

YUKENSHA

詩集

この世の冬桜

吉田隶平

YUKENSHA

I

II

詩集

この世の冬桜

一生の使い方

鳥はいつも忙しそうで
することがいっぱいありそうだ
猫は落ち着き払って見えるけど
「何もすることがないな」
なんて思うことがあるんだろうか

生きている間
そこそこに忙しいのは幸せなことだ
何もすることがなくても
あせったりしないで

贅沢な時間と思えれば
それも幸せなことだ

人は忙しくても
何もすることがなくても
これでいいのだろうかと思う
人は鳥よりも猫よりも
幸せであることに不器用だ
永くもない一生の使い方を
あれこれと考える
時々
美しさというもののあり方なども
いくらかの後悔も交えながら

わたしは何を

わたしは何をしているのか

わからない
自分のしていることが
いや
していることはわかっているが
その意味がわからない
多分　何の意味もないのだ

わたしを見つめるな

わたしは悪人ではないが
善人でもない
わたしは何をして来たろう
若いときには泣けなかった
テレビのドラマに
ふと涙ぐむ
春の緑の明るさに
知らず　涙が流れる
わたしは何を

自分を知らない

僕は覚えやすい人だとよく言われる
それは　鼻が高いとか　目が大きいとか
という具体的な顔の特徴からではなく
雰囲気からくる印象なのだと
だが　鏡で見ても　写真で見ても
自分では　それはわからない
自分に聞こえている自分の声や
録音で聞く自分の声も
他人の聞いているそれではない
つまり自分が自分である限り

自分を知らない

まだ暗い朝に　なぜか
かなしくて　かなしくて目が覚めた
多分　自分がいけなかったのだ

僕らは老いる

クラス会があって
記念写真を撮った
うれしいことに
可笑しいぐらいに
みんな歳をとっている
これは大発見だ
申し合わせも約束もしないで
それぞれ違った人生を
歩んでいると思っていたが
何のことはない

みんな同じに歳をとっている
僕らは目に見えない大きな船に
一緒に乗っていたのだ

ゆっくりと雲が茜の空に返って行く

知らないまま

イスラムの人が祈っていた
「健康と良心をください」
驚きだった
僕の中では　良心というのは元々持っているものだった
望まなくても　人の根源に宿っているものだと思っていた
お願いをして貰ったり与えられたりするものだとは思わなかった
だからそれは時に　自由に生きるための枷のようにも思えた
だが　人は初めから良心など持っていないのかもしれない
自分の中に良心があると思うことは
実は　とんだ驕りであるのかもしれない
若い頃　神父に「神とは良心のことではないか」と尋ねて

言下に否定されたことがあった
今でも神の存在を信じてはいない
ただ　大事なことを知らないまま
こんなにも長く生きている　と思う

落花

解らなかった言葉の意味を
ずっと後になって気づくことがある
何気なく聞いた昨夜の言葉が
ふと甦ってくることがある
終わってしまった人のことを
やっと理解することがある

なんという鈍さ
この先　もう永くない時間の中で
どれほどの言葉が

僕の胸に落ちるのか
やわらかに光を引く
花弁のように

こだわり

男であることにこだわり
人であることにこだわり
自分というものにこだわり
愛のありかにこだわり
生きることにこだわって
そしてなにもわからず死んでゆく

だが　これでいいのだ
そうおもえる冬の日
暗くなるまで
白い柊の花を見ている

気のせい

気のせいである
なぜか舌が痺れるのは
気のせいである
悪いところもないのに腰が痛いのは
気のせいである
原因のない頭の痛みは
気のせいである
好きも嫌いも
気のせいである
生きていると思うのは

気のせいである
死もまた
気のせいである
麦秋の空に
白い鳥が翔《かけ》たのも

わたしがいない

時は仮借なく過ぎても
想い出は昨日のことのように
あふれ出るはずであった
なつかしい人々が
微笑んでいるはずであった

短くない年月を生きてきて
たくさんの人々との出会いがあった
もちろんその中には
すでに亡くなった人も幾人もいる

けれどその人々だけでなく
親しくある時期を過ごした人々が
振り向くと
誰もいないのである

空は変わらない夕映え
なのに
誰もいない
そして　ああ　わたしがいない

帰るところ

夢を見た
ぼくは家に帰ろうとしている

そこは夜遅い時間の駅だった
最終列車に乗ろうとしたが
数分前にそれは出ていた
さびしい駅でタクシーはいない
電話で呼ぼうとしたが
登録していたはずの番号が携帯から消えている
ぼくは途方にくれた

しかし冷静にあたりを見ると
そこは生まれ育った町の駅
今　帰ろうとしていた町
時間は逆回りしているのか
周りの景色が白々と明るくなっていく
太鼓の音が聞こえる
祭りがあるのかもしれない
だが　通り過ぎる人々は誰も
ぼくに気づかない
まるで映画のスクリーンの中の人のように

数年前ぼくはこの町を出た
この町にもう　ぼくの家はなかった

雨音が聞こえない

ここ（マンション）に暮らしていると
雨音が聞こえない
窓を閉めれば
風の音も聞こえない

以前に住んでいたうちでは
雨が降れば
トタンを打つ雨の音が聞こえてきた
木々を揺する風の音が聞こえた

過ぎた暮らしの中に
ためらいもなく
捨てたものがある

雨音を聞きたい
風の音を聞きたい
寂しい生き物の
声を聴くように

はにかみながら

懐かしい人に会いたい

生まれるよりも
もっと以前に出会ったような
挨拶も交わさないのに
互いに少しほほえんで
血液のような時間が流れ
いくつもの道を引き返し
懐かしい人に会いたい

さわさわと若葉を抜けて
五月の風が吹く
人に会いたい
懐かしい人に
はにかみながら

雨

住んでいる場所も時間も違うので
外の景色はもちろん違っているのだが
こうして部屋から
雨の降るのを眺めていると
いつかと同じであるのがわかる
いつか
それは幼い日
遊びに行けず眺めていた路地の雨
父の亡くなった後の梅雨の季節に

いつまでも降っていた雨

それから　もっと昔　生まれる前
庭の片隅のような場所から
見つめていた密やかな雨

いつも傍には誰も居ない
物音も聞こえない
すべてを包んで
ひとりのために
ただ雨は降っていた

冬景色

小糠雨が降り　霧が出て
山は霞んでいる
風はなく　木々は動かない

部屋の中はストーブの燃える音だけがして
海の底のようなこの家には誰もいない
ぼくはもう長い間
読みかけの本を開いたまま
外を見ている
冬の日は

眠る幼子のように
暮れていく

静寂を切り裂いて
百舌鳥が一羽
高い木の頂から冬の空へ

凪

昼が放心したように
風が止まる
波が消え海面がぬめりと平らになる
繋がれた小舟もあがきを止め
影を海中深く沈める
人々は熱い息を吐きながら
蚊の羽音を聞いている

やがて
真っ直ぐに登っていたゴミ焼の煙が

誘われるように海面を流れ
沖合を定期航路の客船が
白い航跡を残して遠ざかって行く

花の名

人から何かを教わることはいいことだ
まして花の名ならば
「あれはこぶしの花　ほら蕾が子供のこぶしに似ているでしょう
　子供が空に向かってこぶしを振り上げているみたいでしょ」
天気がいいので病室の窓を開けながら
看護婦のTさんが教えてくれた「こぶし」と言う名
どこかこの世のものでないような真っ白な花の名
(Tさんは一度流産してそれから子供ができない)
あれから　ぼくは何度こぶしの花を見たのだろう
いつも真っ青な空の中に

そして何度　Tさんを思い出したろう

信じてはいない

信じてはいない
恥じらいを
涙を
明るさを
時折みせた
淋しさも

信じてはいない
奇跡を
運命を

永遠を
あの日の
哀しさも

信じてはいない
その死も

なにひとつ

梅雨の終わりの空模様は不安定で
夕方から激しい雨になり
通夜に向かう私の足元を濡らした

久しぶりのあなたからの電話
何かいいことがあって
私を想い出したのだと
そう思った
いつもより明るい声だったので

言葉が途切れ
夜の電車の音だけが
遠くの闇から聞こえていた

気づかないという罪もある
受け止めることができなかった
私には　なにひとつ

もう一度

それほどまでにほしかったものは何ですか
命の向こうに求めたものは何ですか
「愛」などと言ってしまったら
それは愛ではなくなりそうな
不確かな
それでいて　どうしてもほしいもの

あなたは言った
もう一度
穏やかな波のような

あの人の大きなお腹に頭を乗せて
眠ってみたい
そのもう一度が
欲しいから
わたしは逝くのだと

白椿

早春の朝
濃い緑の葉の間に
白い魂が目覚める
あまりに白いので
この世に永く居ることができない
白い姿のまま
自ら落ちてゆく
そこにあった気配のようなものを残し

ひとりの人のやさしさを信じ

あの人は逝った

父の死

父が亡くなった時　ぼくは九つだった
夜中に起こされると
みんな父の布団の周りで泣いていた
ぼくは少しも涙が出なかった
ただ動かない父の顔を見ていた
「父さんは死んだんだよ」と
母が言った

葬式も終わり
人々は帰って行った

ぼくは一人部屋の隅に膝を抱いて坐っていた
いつの間にか
母が背後に立ってぼくを見ていた
振り向いたぼくを
母は黙って抱きしめた
ぼくは激しく嘔吐し
始めて泣いた

やがて人々は
明るく父を忘れていった

出発

すべてが終わったと思った時
そこはいつも始まりだった
ひとりの人が去ったとき
ひとりの人が現れた
失ってばかりいたのに
満ち足りていた
容赦なく時は過ぎても
初めてのように朝が来た

この生の終わりにも出発はあるのか

空なる世界へ

驚くべきことは

驚くべきことは
なにもない
薄ら陽の差す冬の街に
みぞれ交じりの風が吹く

驚くべきことは
なにもない
果てしない議論
意味のない殺人

驚くべきことは
なにもない
男は男の体をし
女は女の体をし
営々と睦みあう

驚くべきことは
なにもない
明日はまた
空がきれいだろう
みな等しく死にゆくもの

死は

ここまで生きてきて
自分の死に直面したことがない
死ぬかもしれないと思ったことがない
（戦争は物心ついたときには終わっていた）
死ぬほどの恋もない
心中しそこなったこともない

ずっと引け目だった
どういう風にでも生きられたはずの自分の人生が
波乱万丈でもなく

ぎりぎりに生きているという真摯さもない
結局　自分は憶病なのだと

ところがどうだ
死は後ろからやってくるというけれど
近頃　その足音が聞こえてくるではないか
逃れようのない速さで
近づいてくるではないか
こんな自分にも

後の風景

死んだ人間には
時間の認識はないだろう
過去も未来も
今という思いも

場所の認識もないだろう
遠いいとか近いとか
此処という思いも

満開の桜にも

沈む夕日にも
永く一緒に居た人にも
何の感情も抱かないだろう

それでいながら
自分という空《うつ》ろが
なお　あるとしたら……
いつかの記憶を抱いて

眼差し

激しいもの
大きなもの
よく見えるものは
何も残さなかった

残り少ない生の中で
今　向き合っていたいのは
言葉にならない
見えそうで見えない
聞こえそうで聞こえない

つかめそうで決してつかめない
幽かなもの

夏の霧雨が
白く乾いた路を濡らしてゆく

変わらない正しさも
変わらない想いもないけれど
その虚しさをぼくは悲しまない

人はこの世に何が遺せるだろうか
秘めやかな眼差しのようなものの他

四季

少し前まで
夜になると毎日
いつもの居酒屋の
いつもの椅子に座って
ちょっと気取って
ズブロッカなんか飲んでいた
その日常は
いつまでも続くものだと思っていた
今　その椅子にあなたはいない

いつの間にか咲いていた
白いビワの花が
冬空からこぼれる

ためらいもなく
季節は過ぎて
少し先には
僕もいない
枝を離れる
ひとひらの
枯れ葉のように

此岸

海霧の中を進む船のように
近づいている向こうの岸

どれほどの距離
どんな所とも
当てはないのだけれど
少しずつ見えてくる

そして反対に
今いる所が

今あることが
日々　希薄になる
しばしば　ここは何処なのだ
自分は誰なのだと自問する

終わりの近づく時間の中で
ふと立ち止まる
この世の暮色の
やさしさに

支度

どこかに出かけるとき
なぜもっと早くから
準備しなかったのだろうと思う
出かけることは分かっていたのに
いつも満足にできていない
持ってゆくもの
向こうの情報
どれも中途半端

このところ少し落ち着かない

間もなく行かなければならない
初めての場所
再びは帰ってこれない場所へ
多分　何かを忘れたまま

気持ちのいい日

明るい窓の外を
蜂が一匹横切って行く
彼岸が過ぎて
暑さも和らぎ
きのうは雨だったので
今日は空気も澄んで
青い空には真っ白な雲

こんな日にも
人は死ぬのだ

帰って来ない
蜂のように

マロニエ

まだ寒く
枯れ木のように見えていた
マロニエの枝につぼみがふくらんでいる
ところどころ　小さな緑の葉っぱさえ顔を出している
通りのマロニエが　みんな
うれしそうに花咲く準備をしている
きっと　大きな意志が
「咲けよ」といっているのだ

もし　その意志が

「死ねよ」というのなら
マロニエの花の散るように
うつらうつらと
死んでゆこう

朝の会話

僕たちの心は　日々
見えない薄いものを積み重ねるように
つくられてゆく
だが　その営みもいつか途切れる

昨日までできていたこと
当たり前のこととしてやっていたこと
例えばいつもの朝の会話が
ある日　出来なくなる
そのことを

ただそれだけのことを
思っている
いつもの珈琲の香のする朝に

秋の陽射し

永い時を一緒に過ごした
残りの時間は多くはない

顔を洗い終えるとテーブルに
いつもの朝食が並んでいる
夜はテレビでお気に入りのドラマを見る
何気ない日常が
この頃なぜか懐かしい

大事にしなければならないものは

多分　多くはない
そして　うっかりすると
見落すほどのもの
幸せと言ってしまえば
すぐにも形を変えてしまうだろう

見えない時間を抱いて
遠いところから
秋の陽射しが
お城の白い壁に届く

知りたい

こんなに長く
一緒に居るのに
不安になる
残された時間で
あなたをみんな
わかるだろうか

もし
わからないまま
死んだなら

大きな宿題を
残したことにならないか

この目で
この耳で
この指先で
知りたい
あなたを
あなたの
やさしさを
あなたの
哀しみを

あなたと居れば

あなたと居れば
どんな願いも叶えられそうな気がする
あなたは寡黙だけれど
時に　あなた自身も気づかないほどのさりげなさで
ぼくを褒めてくれ
いつも少しほほえんでいて

あなたと居れば
どんな願いも叶えられそうな気がする
現実と夢との境が限りなく希薄になって

自分がだんだん幼くなってゆくように思え
悲しみですらなぜか幸せに包まれていて

春の日
あなたと居れば
どんな願いも叶えられる気がする

会話

言葉は　ポツリ　ポツリがいい
滑らかな言葉はなぜか
心に何も残らない

たくさんの言葉を羅列するほど
ほんとうから離れてゆく
自分がわからなくなる

出来るだけ短い言葉で
初めての朝のように

静かな遺言のように
ポツリ　ポツリがいい

あの日々
必要だったのは
少しの不安と
沈黙であったかもしれない

横顔

横顔の美しい人が好きだ
細いうなじを軽やかに風がたわむれ
ほほに優しさが膨らむ
目は遠くを憧れ
鼻すじにふと悲しみが通り過ぎる
唇は決意したもののように静かだ
そしてなにより
横顔の美しい人は　少しも
自分のその美しさに気づいていない

白い噴水

夕暮れの噴水は
白い手のように
空をつかもうとしていた
「明日を考えると　不安になるの
元気でいれば　何とかやっていけるけど
怪我でもすれば　食べてゆけない」
気怠《けだる》そうな顔に
遠いところから
夕陽が届き
ほほを染める

目を閉じ
「わたしに結婚を迫る男がいるんだよ」
そういって背を向けた
自分では見ることのできない　その後ろ姿
自分では気づいていない　その愛《かな》しさ

白い噴水が
寄りかかるように
残照の空に傾く

あなたは男

あなたは男

あなたの言葉が理解できないことがある
多分　別々のことを考えている
嘘もついている　きっと
あなたは食べるに困らず
わたしには明日の生活の当てもない
あなたはわたしよりずっと年上
そんな二人が
同じ時間　同じ空間に居るだけでも

なんだか不思議なのに
離れていても
まるでハグされているように
あなたを感じ
眠くさえなってくる

ながく待っていたような　ときめき
不意にめまいのような　さびしさ
わたしは裏返しになる

わたしは女

天女

あなたは天女だ
あなたに触れられると僕は眠くなる
あなたが笑うと空が少し明るくなる
あなたの前髪が揺れるとさわやかな風が吹く

あなたは天女だ
だけど
多分　ぼくより他　誰も気づいていない
そんなに美しいわけではない
空は飛べない

あなたは天女だ
だから
あなたは　悲しそうな顔をして　あの日
振り返らずに去っていった
白い通り雨のように

ハナミズキ

あなたに好きな人ができたのだから
一緒にいると時間があっという間に過ぎて
電車を乗り過ごしてしまうほど
好きな人ができたのだから
それはしかたのないことだ

誰かが幸せな時
同じだけさびしい人がいるわけで
こんなに虚ろな私がいても
それはしかたのないことだ

初めて会った日から
いつか　と思っていた
なのにふと　忘れていた
ハナミズキの花が
賑やかに咲いた春の日だったので

光の中でハナミズキの
ほほ紅色の花びらが
その姿のまま枝から離れ
くるくると舞いながら
竹とんぼのように遠ざかる

別離

人のあふれる地下鉄駅の雑踏の中では
言葉もそこそこに
たちまち大勢の人で隔てられ
あなたは振り返り振り返り振り返りしながら
しだいに遠ざかった

何かを思い出したように
最後にもう一度　立ち止まって振り返る
少し笑った

「さようなら」
この世でまた
こうして人と別れるのだと思った

II

寒さが和らぎ

寒さが和らぎ
白い辛夷の花が咲き始めると
人に知らせたくなる
「今年も辛夷の花が
　青い空に賑やかです」
ただそれだけを

なんと贅沢な時間だろう
熟れてゆくさくらんぼを見るように
人を想うのは

花を見ていると
一番大事なことは
話せない気がする

互いに何も喋らないでも
平気でいられるようになったら
旅に出よう

そして　青い空の下
丘のようなところで
二人並んで座っていよう
静かな光のように

不器用であることが
恋するときには意味を持つ

あなたは嘘をついた
言葉と言葉の間に
本当をこぼしながら

ぼくは本当を言おうとした
言葉にすると
少し嘘になった

大きく開いた
白いカサブランカを見ていると
白という主張もあるのだということが
よくわかる

人として
いけないことの一つは
愛されることになれること

やさしさというものは
どこまでも
それを受け止める人のものである

「信じる」と「信じない」は
必ずしも対語ではない
むしろ両方を同時に
抱え込んでいる

ほんとうは
隙あらば
甘えたいのである

折りたたんで
封筒に収めるように
人との関係を終える
封はしない

花の終わったハナミズキに
いつの間にか
赤い実がついていた
これで良かったのだというように

人ひとりを理解するにも
どれほどの時間が必要だろう
僕は絶望的になる
そして少しやさしくなる

語られなかった数々のことを
知らないまま
僕たちは
一生を終える

一線を超えてしまうことの
重さとなんでもなさ
その両方が
織物のように交差する

今年もまた
桜の花を見ている
その気恥ずかしさ
その疾《やま》しさ
再び会わないと誓った人に会ってしまったような
まだ生きているのかと問われているような

あなたは
何もかも
本当は知っているのではないか
神のように
と思うことがある

わたしがここに

わたしがここに居る一日があって
わたしが何処にも居ない一日があって
誰かがふと
わたしを想い出してくれる一日があって
少し風が吹いて
西の空を茜色に染めながら
その一日も暮れてゆく

空を見るにも
虚心坦懐という
鍛錬を必要とする

花は
見られることを
意識している
昼も夜も

部屋の壁に現れる花瓶の花の影は
花が造るのでもなく
夕陽が造るのでもなく
影は影として
そこに在る

どの時点からか
得るものより
失われてゆくものの方が
多くなっている

澄み渡る空に
取り残されたような
冬桜が咲いている

二千年の昔
あなたはわたしを愛してくださった
その後
あなたは何処へ行かれたのか

どこかにまだ
出会わなければいけない人が
居るような気がする

はぐれ雲が
窓からこちらを
覗いてゆく

太陽を離れたとき
数百万度あった熱が
わたしに届いたとき
こんなにも心地いい暖かさになっている
やさしさでなくてなんだろう

わたしを見つめている視線がある
それは前からでもなく
後ろからでもなく
横からでもなく

ダメなダメな自分がいる
他の誰でもないのに
「お前は誰だ」と
言ってみる

やせ我慢が人を気高くする

何か大変なことをしてしまったという夢を見た
赤い寒椿の花が咲いている

世の中の人はみんな
さびしいのだと思っていました
くさぐさの花のように

自分は何処に居ても自分なのか

「アリ」と「キリギリス」の
どちらが偉いのか
どちらが幸せだったのか
こんなシンプルな問いにも
答えはない

意味を考えてはいけない

意味を考えると人生は大概つまらなくなる

ある日　気づく
目の前の一輪の花の
美しさ
その哀しさ

落ち着いて

落ち着いて死になさい
機嫌よく死になさい
安心して死になさい

僕には神様がいないから
自分で自分に言う

この世のどこかに
出口があるのではないか
例えば
屋上でエレベータの扉が開くように

死というのは
目を閉じ
耳を閉じ
すべての感覚を閉じる
唯それだけのことか
それだけでしかないのか

こんなに億病では
死ねない気がする

死ぬまで生きる
それがすべて

僕たちは死を知らない
知り得ないということを
どう受け止めればよいか

時々
ひとりで死んでゆくのだということを
忘れている

ほんとうは
すべての人の寿命は同じであるのに
人はそれぞれ
誰かの命をもらっているのかもしれない
あるいは　誰かに
自分の命を差し上げているのかもしれない

生きている限り
人生に完成はない
ただ　完成までもう少しのところに
誰もがいるのだと思う
死はいつでもそこに在るのだから

「あっち」と「こっち」
「あの世」と「この世」という分け方は
正しくないのではないか
本当は一つではないのか
何処にも境界のようなものは見当たらない
こちらに来たという自覚もない

まだ夜の明けきらない
少し風の吹くある日
ふっと
白い蝶になる
この世の冬桜

装幀・挿画　菊池　彰

この世の冬桜

2017年9月23日　初版発行

著　者　吉田　隷平　© Taihei Yoshida
〒720-0065　広島県福山市東桜町1–15–2704

発行者　登坂　和雄
発行所　株式会社　郵研社
〒106-0041　東京都港区麻布台3-4-11
電話（03）3584-0878　FAX（03）3584-0797
ホームページ http://www.yukensha.co.jp
印　刷　モリモト印刷株式会社

ISBN978-4-907126-10-0　C0092
2017 Printed in Japan